KB230512

시간이 약이라면 왜 나아지지 않나요

이겸 지음

프롤로그

이 책은, 잃어버린 시간들로부터 태어났습니다.

내가 붙잡지 못했던 순간들,

끝내 전하지 못한 마음들,

그리고 조용히 흩어져 버린 이름들 속에서

저는 오래도록 멈춰 서 있었습니다.

어떤 날은 아무 말도 할 수 없었고,

어떤 밤은 그리움이 너무 커서

그저 가만히 눈을 감는 것밖에는 할 수 없었습니다.

그 침묵의 시간 속에서 저는 조금씩 깨달았습니다.

사라진 것들은 완전히 사라지는 게 아니라는걸.

그리움은 언제나,

다른 이름으로 다시 피어난다는 걸.

그래서 저는 그 빈 시간 속에 귀를 기울였습니다.

무너지고, 비워지고, 멈춰버린 듯한 마음의 자리에

아주 작게, 그러나 분명히 무언가가 자라고 있었습니다.

그건 말 한마디보다 더 깊은 온기였고,

그리움보다 더 오래 남는 빛이었습니다.

이 책을 쓰는 동안 저는

수없이 멈추고 다시 시작했습니다.

쓰는 일은 결국 견디는 일이었고,

견디는 일은 곧 살아 있는 증거였습니다.

그 과정에서 저는 조용히

내 안의 그리움을 바라보는 법을 배웠습니다.

이 책은 완성된 위로가 아닙니다.

그저 한 사람의 조용한 고백이고,
그리움과 기다림 속에서 피어난 마음의 기록입니다.

이 글들을 읽으며
잠시라도 마음을 내려놓을 수 있기를 바랍니다.

목 차

3부 끝에서 다시 피어나는 작은 기대들

1부

남아 있는 마음을
데려갈 곳이 없을 때

삐뚠 고백

넌 윤슬처럼 반짝이는 미소를 지으며 다가왔지
그 반짝임에 숨이 멎을 정도로 눈이 부셨어

네가 날 안아줬을 땐
심장이 요동쳤어

아무 생각이 들지 않았지
머릿속이 하얘졌지

꼬깃꼬깃 접힌 너의 삐뚠 글씨가
고백을 말하고 있었어

내 눈에도 물이 들어차
윤슬이 반짝였어

사랑을 하려면 바보 멍청이어야 하나 봐

보고 또 봐도 보고 싶고
안아보고 안아봐도 애가 닳았어

정말 말도 안 된다고 생각했었는데

말도 안 되는 일도
말도 안 되게 생기기 마련이었어

여름이었다

집에서 나오자마자 열기를 내뿜는 햇님아저씨
그 속을 뚫고 시원하게 달린다

중간에 들리는 휴게소는 필수
소금 추가한 통감자 하나 입에 물고
한 손엔 시원한 커피를 들고
다음 간식을 탐색한다

간식으로 끼니를 채우며 도착한 작은 냇가
얕은 곳에서 다슬기를 잡으며 놀아도
발만 담그고 맥주 한 캔만 해도 기분 좋아지는

그런 곳
아니 그렇게 만들어 준 너

저녁에는 바비큐를 하고
익은 고기들만 호호 불어 입에 쏙 넣어준다

마무리는 작은 불꽃놀이

그 작은 불빛이 선명하게 담긴다

손잡고 걸을까

처음으로 손잡고 걷자는 말을 듣고
심장이 터져버리는 줄 알았어

그렇게 서로의 눈도 제대로 보지 못한 채 처음을 맞았어

그 후론 자연스러운 일이 되었지
손을 놓으면 큰일이 날 것처럼 꼭 잡고 다녔었잖아

겨울엔 춥다는 핑계로
손깍지 꼭 끼고 주머니에 넣어주던 손길도

여름엔 땀이 나면 잡고 다녔던
서로의 작은 새끼손가락도

봄과 가을엔 날이 너무 좋다며
서로의 재킷에 넣고 다녔던 손도

흐릿해진 기억 속,
너의 손길을 생각만 해도 마음이 간질간질해

그 후론 다시는 그런 기분을 느낄 수가 없었어
참 이상하지?

너와 했던 일들을 해도, 너와 함께 갔던 장소들을 가도
옆에 있는 사람에겐 미안했지만, 네 생각만 나더라

그 이후로는 너와 갔던 장소들을 피해 다녔어

근데도 자꾸 너랑 같이 오면 좋겠다
좋아하는 음식이겠다
이런 분위기 참 좋아하는데
이런 생각들이 머릿속을 가득 메워서
결국 그 사람과 헤어졌어

언제까지 널 생각해야 할까
그냥 흐릿해지는 것밖에는 방법이 없을까

생각이 꼬리를 무는 밤들에 잠 못 이룰 때가 참 많았어

이제는 잠도 잘 자고
모든 걸 너와 연관 짓지도 않고
어딜 가도 네 생각을 꼭 하지는 않아
딱, 그만큼 희미해졌어

고마워,
내 청춘을 사랑을 잃는 법을 알려줘서

잘 지내,
너만큼은 꼭

생각이 꼬리를 무는 밤들에 잠 못 이룰 때가 참 많았어

한숨

너는 결이 아름다운 사람이었지
만개한 꽃보다도 더

낙화하는 꽃잎들을 더 좋아했던 나와 너

갑작스레 비바람이 몰아치던 날
그렇게도 폭우가 몰아치던 날

그때 그 품은 따스하기만 했어
나도 모르게 휴- 하고 한숨이 나왔지

그때 그 한숨은 안도의 숨이었을까
고단함의 숨이었을까

잦아들지 않는 감정들은

빽빽하게 널린 빨래들과 같아

이름 모를 향과 함께 쉽게 마르지 않았어

그리고 갑자기 무서워졌어

네가 사라진 세상이
그리고 내가 사라진 세상이

안심하라며 잡아 준 손은 너무나도 따스했지

평생 잡아 둘 거라는 네 말에
안도의 숨을 내쉬며 웃어 보이면
더 밝은 표정으로 보답하듯 웃었지

두 손을 더욱 꼬옥 잡았고
그때 넌 나의 햇살이었어

크리스마스

우리의 크리스마스는

남들처럼 화려하진 않아도
서로 오순도순 이야기하면서
취향이 맞지 않을지도 모르는 와인을 마시고
우리만의 특별함으로 채우는 날이 되었으면 해

피자 한 판

가을은 바람과 함께 순식간에 지나가려 했어. 우린 그 가을의 끝자락과 겨울의 처음을 붙잡았지. 그리고 뜬금없게도 동네 싸구려 피자집으로 달려갔어. 여느 때처럼 항상 손잡고 들어오는 우릴 알아보신 사장님이 반갑게 맞이해주셨고 귀여운 접시와 포크들이 즐비해 있는 가게를 두고 오늘은 공원으로 밤 소풍을 가자며 제일 싸고 작은 피자를 둘이 모은 꼬깃한 지폐들로 계산하며 설렜었지. 너는 한 손에 피자를 들고 나는 한 손에 콜라를 들고 남겨둔 한 손씩은 손을 잡고 밤의 공원으로 향했어. 마땅히 앉을 곳도 없어 미끄럼틀에 앉아 금방 식어버린 피자를 꺄르르 웃으며 맛있게 먹고, 서로 집에 데려다 주겠다고 귀여운 다툼을 했지, 그날도 네가 날 데려다줬어. 그때의 우리는, 어렸고 가난했고 사랑을 사랑으로만 할 수 있는 시절이었지. 이제 피자는 안 먹게 되었지만, 아직도 동네의 피자집은 그대로 있어. 너와의 추억도 그대로 있고. 바람이 쌀쌀하다. 오늘은 동네 공원으로 밤 산책이라도 가볼까.

행복은 때를 따라오지 않는다

항상 행복한 일만 있는 인연은 없어
종일 불행한 날이 있는 것처럼
종일 행복한 날도 있는 거지

그래서 그랬던 거였지
우리의 잘못이 아니었어

행복하지 않은 날을 바라보며
앞으로도 그럴 거라고 믿은 우리만 있었지

하루 종일 가득 사랑하다가도
한마디 말도 안 하는 그런 날도 있다는걸
왜 몰랐을까

그 사실을 알았다면 우리는 아직도
뜨거웠다가 미지근했다가 차가웠다가 하며
우리의 페이지를 가득히 채워가고 있을까

뜨거운 온도로 그린 파란색과
차가운 온도로 그린 빨간색처럼

적당히 보라색을 띠는 그런 사랑을 하고 있을까

오늘따라 노을이 꼭 보라색이다
네가 참 보고 싶은 날이야

꽃바람이 불면

시절 인연,

우리의 인연은
현상하지 않은 필름 같은 순간이었다

날 위해 웃어주는 미소가 있어서 다행이었고
내 손을 잡아주는 네가 있어서 다행이었고
날 안아주는 네가 있어 다행이었고

너랑 있으면 하나둘 모든 게 순간이었다

내가 왜 좋냐고 묻는 물음에
머뭇거리며 너라서 좋아 같은
뻔한 대답을 내놓아도

너는 이유가 없어도 괜찮았다
내가 너의 이유였으니

올해 봄은 네 손도, 품도 그리고 미소도 없지만

너와 걷던 그 거리를 걷다 보니
떨어진 꽃잎마저 너를 보는 것 같았다

이제 꽃이 거의 다 지기 시작했고

꽃이 시들어 떨어진 거리에는
피어있을 때보다 더 짙은 내음이 가득했다

숨결

보고 싶었어,

그토록 깊게 들린 건 처음이었어
그 순간만큼은 예전 그대로였고

별도 하늘도 달도
게다가 네 눈빛까지도 말이야

하나하나 읊어지는 건 다 너였어

낮보다 새벽이 어울리던 나에게
따스한 구름이 되어주어 고마워

그렇지만 달콤한 말들로 널 안지는 않을게
녹아버리는 사탕 같은 사람은 되기 싫으니까

시린 바람이 불어도

항상 안아주는 네가 있으니 따스해

우리 숨결은 부딪히면 구름이 돼
금방 말랑해져

품 안에 꼬옥 안아주고 싶을 만큼

한낱 네 숨소리에도
내가 묻어있기를 바라

항상 안아주는 네가 있으니 따스해

물에 빠진 금붕어

물에 빠져 허우적거리는 금붕어는 없잖아

감정의 구렁에 빠져 허우적대는 건
착각이라고 그렇게 믿자고 다짐했어

간밤에는 너와 여름에 갔던
바다에 가는 꿈을 꾸었어

꽤 행복한 꿈이었지
이 여운이 오래가길 빌며 다시 잠을 청했어

다행히도 다시 잠에 들었고
꿈에 또 네가 나왔어

봄 가을 겨울을 다 보내고
꿈에서 깨어났어

이제 겨우 빈틈을 채울 용기가 난 것 같아
다시 내 마음도 채워질 수 있을 것 같아

예나 지금이나 넌 참 다정한 사람이구나
내 금붕어를 깨워줘서 고마워

영원이 깨진다 해도

때로는
가족이었고 친구였고 연인이었고 남이었어

언젠가 만약
우리만의 영원이 깨진대도

우리의 추억을 유리병 속에
꾹꾹 담아둘게

내 마음속 바다에서
아주 고운 소리를 내며
둥둥 떠다닐 거야

그 소리에 가끔 귀 기울이며
세상을 살아갈게

도르래

너의 우물 안 깊이 도르래를 넣어 돌려본다

바닥까지 닿았지만
단 한 방울 물조차 남지 않았다

마음의 문도 그렇게 닫아 둔 채
눈물이 메마를 때까지 마른 눈물을 닦았나 보다

내가 네 우물을 열어두고 갈 테니
비에 섞인 내 감정도 덜어두고 갈 테니

더 이상 마를 일이 없도록
더 이상 마음이 마르지 않도록

꾹꾹, 눌러 담아두렴

권태

어린아이도 아니면서 울지 말라는 말

당신,
나에게 화살을 던지지 말았어야죠

또 이러다 끝난대도 원망 안 할게요
과거로 돌아가도 같은 선택이었을 거니까

나의 권태는 부정이었고,
그 시작은 안타깝게도 당신이었어요

정말, 안녕

매번 정말이라는 말을 빼두고 인사했었네요
그동안 안녕이 아플까 그랬어요

사랑은 가끔 원망과 함께 찾아오기도 하니까요

그게 뭐든 너였다

무엇을 위한 헤어짐이었을까

세상을 다 준다는 사람과
마음을 다 준다는 사람의 헤어짐은

혼자 견뎌야 할 쓸쓸함
너라서 행복할 거라는 생각은 않을게

너라면 그곳이 어둠이라 해도
뒤도 돌아보지 않고 달려가던 나였지만

날 위해 떠나준다는 말은
너무 비겁하잖아
너무 무책임한 거잖아

세상에 그렇게 무책임한 말이 어디 있어

너의 그늘이라도 되어 곁에 있게 해줘

넌 그 자리에 그대로 있어도 돼

사랑이라는 명사

텅 빈 창고 같은 마음이 되었다

새로 지어 아무것도 들이지 않은
마음대로 들이기가 무서운 그런 마음이

네가 다시 무엇을 들이고
무엇을 다시 간직할 수가 있을까

용기를 내어 네 마음으로 들어간다

끼익 소리를 내며 들어온 너의 마음은
매캐한 먼지들로 가득했다

창문을 열고 청소를 시작했다
네가 돌아왔다.

상처투성이로 날 끌어안는다

그동안 얼마나 아팠던 건지
나도 너를 꼭 안았다

사랑이라는 명사가 없었다면
사랑을 너라고 불렀을 거야라고 속삭였다

열린 창문 사이로 들어오는 쏟아지는 별들도
네 앞에선 한낱 점들에 불과했다

하필이면

하필,
또, 다시, 당신이었어

널 만날 때마다 상처가 났고
다음에 또 널 만나면 흉터가 되어있었고
그다음엔 흔적이 남았어

흔적은 아주 오랫동안 내 곁에 머물러있었고

그래도 하늘이 울어주는 날은
구름에 몰래 숨어 울어도 괜찮았어
그래서 몰래 숨어 울었어
괜찮은 게 아니었어

우리는 사랑했고
이제는 각자의 길을 사랑해야 할 시간이야

너를 놓는 게 아니라
나를 붙잡기 위해 너를 떠나는 거야

정말 마지막 안녕

하필,
또, 다시 당신이 아니길 바라

가치관

넌 너무 중요한 게 많았다
그중에 내가 제일 먼저였으면 했다

하지만 넌 먼저 알았던 거였다

내가 첫 번째가 아니었던 게 아니라
모든 걸 안을 수 있는 사람이어야 한다는 걸

나는 그걸 모르고
서운하고 슬프고 마음이 아렸다

왜 이렇게 작은 내 마음도 못 알아주냐고 울고 떼썼다

가치관의 차이라는 걸 아주 늦게 깨달았다
내 가치관도 늦게나마 비슷한 쪽으로 변했지만

그땐 이미 손을 놓아버린 상태였고

돌이킬 수 없었다

후회가 빗발쳐도 어쩔 수 없는 상태가 되었다

의미

빼곡하게 적어 둔 일기에는
의미 없는 단어들만 가득해

알 수 있는 것들은 많아졌는데
만질 수 있는 것들은 지워지고 있어

내 인생은
널 만나기 전과 후로 나뉘어

네가 다가오기 전 아련했던 기억과
우리가 하나가 됐던 또렷한 기억

퍼즐처럼 꼭 들어맞았었는데
자꾸만 엇나가는 기분은 왜일까

내가 겨울이라

비가 울었다
내가 겨울이라 눈이 되어 날렸다

쉴 새 없이 쏟아지는 함박눈을 보며
나도 울었다

종일 울었다고 시작해서
종일 울었다로 끝나려고
종일 아팠던 걸까

선선한 날에도 눈이 내렸다
어쩔 수 없는 것을 멈추려 했다

미안해
내가 겨울이라

뒤섞인 마음

아침 일찍 찾아간 꽃집에는
네가 좋아하던 프리지어가
이제 막 들어와 진열되고 있었고

네 마음을 채워주려 했던 향기는
내 마음도 채우기에 충분했어

바쁜 낮이 시곗바늘을 돌리듯 빠르게 지나가고
다시 느리게 흐르는 밤이 되었어

이른 밤이었어
약간 알딸딸하게 기분 좋게 취한 상태로

잠시 술기운에 취해 누워있을 때
다가와서 덮어주는 이불은 참 포근했어

그게 좋아서 깨어 있었지만

자는 척을 했어

그러다
이게 다 무슨 소용이 있나 생각했어

꽃향기와 술 냄새가 섞여 고약한 냄새를 풍겼어

이게 맞는 걸까
자꾸만 드는 생각은 어쩔 수가 없었어

새벽에 달이 뜨면 찾아오세요

내 불안이 길어질 걸 알아
채비해야 하는 것도 알아

근데 그게 잘 안돼

아무것도 버틸 힘이 없으니까
그걸 알아서

비바람 속 빨래처럼
축축해진 마음이라고 해도
바람에 휘청여도 괜찮아

다정의 온도는
언어에서 나온다잖아

네 온도는
온통 진한 보라색이라

날 불안하게 만들지만

그것마저 따스하게 보듬을게

그래도 가끔,
햇빛이 반짝 빛났던 날에는
나의 어둠이 사라진 것만 같았으니
그 기억으로 지켜갈게

새벽에 전화해도 괜찮아
눈뜨면 다시 새벽으로 돌아가 곱씹을 테니

정말 괜찮아
새벽의 긴 적막을 좋아해

그러니 그대는
매일 돌아오는 새벽처럼
내 곁에 있어 줄 수 있을까

참방

던져본다, 파동 하나
흩어진다, 이름 하나

바라지 못하고
발하지 못하는

참방,

분명 무거웠던 마음이었는데
스르르 느리게 가라앉는 마음을 멍하니 바라본다

누구보다 빠르게 날 알아주던 네가
누구보다 서서히 흐릿해진다

날 위해 울어주던 당신이
이젠 날 울리는 당신이 되어서

네 말은 한마디였는데
내 마음은 천 마디 말도 모자랐다

어느 마음은
한마디 말에 쏟아졌고

어느 마음은
눈빛만으로 쏟아졌다

오늘은 감히 꿈꿀 수 없었던 꿈같은 일을 하고 싶다
속절없이 우는 일 같은 거

살아지겠죠

아픔은 그저 아픔이에요
웃음으로 덮어 가져가려 하지 말아요

내가 같이 아플게요

당신은 나를 살아지게 만들기도
사라지게 만들기도 했어요

알아요,
당신이 곁에 없어도

또 살아지겠죠
또 살아가야겠죠

그저,
곁에 있어 달라는 것뿐이에요

당신 눈빛을 보고
다시 돌아오지 않을 순간이라는 걸
무의식적으로 알아버렸어요

욕심 안 낼게요
가지 말아요 부탁입니다

내 뜨거운 눈이 메마를 날이 없어요

한잔했어

길을 걷다가 우연히 너와 비슷한 사람을 마주쳤어
너는 절대로 아니겠지

그 이후로 네 생각이 미치도록 나서
술 한잔했어

나 술 마시는 거 싫어했었는데
지금은 아무도 간섭 안 하니까 마음 갈 때 마시고 그래

술기운 때문이겠지만
너랑 함께 있는 것 같아

너와 관련된 건 내 옆에 하나도 없는데 말이야

자려고 누워서 옆을 봤는데 아무것도 없었어
당연한 일이지

근데 너의 온기가 느껴지는 것 같아서
한참을 베개를 끌어안고 울었어

참 바보 같지

벽과 나 사이의 그 작은 공간에
그 공간에만 다른 세상이 있는 것만 같아서
몸을 쭈그리고 그 안으로 들어가려 애썼는데
그러면 그럴수록 눈물만 더 났어

괜찮아
나 원래 잘 울잖아

그래서 나한테 별명도 지어줬잖아
나 또 운다고

생각하니까 또 눈물 난다
나 진짜 바보 다 됐지?

더 바보여도 괜찮으면 연락 한 통 해줄래

내일이면 다 까먹겠지만
내일이면 후회하겠지만
보고 싶었다고 말하고 싶어

내가 연락하면 술 마셨다고 싫어할 테니까
만약 취해서 내 생각 조금이라도 난다면
그냥 연락해도 돼, 말도 안 되지만 기다릴게

영원일 줄 알았어

너와는 정말 영원할 줄 알았다

그만큼 우린 잘 통했고 비슷했고
내가 너고 네가 나였으니까

사람들이 우리라는 존재를 하나로 본 건
네가 처음이었으니까

서로의 감정도 하나인 것처럼
꼭 들어맞았으니까

그래서일까
난 아직도 우린 꼭
아주 나중에라도 꼭 다시 만날 것만 같아

이 바보 같은 생각이 거짓이라 해도 좋아
상상만으로 행복해지는 일이니까

나만의 일이니까, 나만의 안식처니까

이 순간에도 너는 나를 생각이나 하고 있을까
난 이 책이 덮이는 순간까지 널 생각하고 있을 텐데

너도
이 글이 너에게 닿을지는 모르겠지만

이 글을 읽고 조금이라도 내가 생각이 났다면
너와 나의 추억이 조금이나마 남아있다면
부질없는 바람이지만 나에게 연락 한 통 해줄래

아니 그냥 생각이라도 좀 해줘

그럼 나 정말 행복할 것 같으니까
왜인지 네가 느껴질 것 같으니까

마른 울음

하늘을 올려 보았다

비가 많이 내렸고
눈시울만 자꾸 붉혔다

그마저도 숨기려 시선을 자꾸만 돌렸다

아프면 아프다 해도 되는데
너는 더 괜찮은 척을 했다

그게 더 아픈 건 줄 잘 아는데

오늘 안 울 수 있을까

새어드는 새벽

어쩌면,
가까운 곳에 우리의 낙원이 있을지도 모른다는 생각으로
처음부터 아니었던 것 붙잡고 있었나

이제라도 알았으면 놓으면 될걸
놓지 못하고 주변만 서성이고 있어

어쩌면, 정말 만약에 어쩌면

우리가 깨진 유리처럼
다시 붙일 수 없게 된다면

그래도 아름다운 추억으로 남았다고
깨어진 것이 아니라
새어들 빛나는 추억을 위함이었다고 생각해 주기를 바래

형체가 없어도
낯선 공기만 맴돌아도

난 또 그림자를 따라 걷고 또 걸어
어렴풋이 빛나던 빛조차 흐려지고 말겠지만
내 새벽은 언제 다시 밝아질지 모르겠지만

때늦은 바람

요즘은 누가 좀 안아줬으면 좋겠다 싶은 날

내 겨울이 사라질 만큼
얼은 손이 녹을 만큼

너는 여름의 뜨끈한 바람 같은 것이어서
지칠 때쯤 찾아와 살랑살랑 불어오고는 했었지

어느 날,
뭐해? 라는 말을 받은 날에는

보고 싶다는 말보다
더 진하게 와닿는 날이 되었지

하늘을 올려다보다 구름이 보인다거나
아직 빛나지 못하는 달이 보이는 날에는
그래서 네가 문득 그리운 날에는

약속이나 한 듯
네가 불어와서

밤과 새벽의 틈을 비집고
날 또 헤집고
바람처럼 사라졌지

아,

오늘 밤은 또 길겠구나
또 새벽이겠구나
그리고 옅은 아침이 찾아오겠구나
다시 그리움이 길어졌구나

한탄해 봤자 소용없었지
이미 떠난 바람인데 잡을 수가 없었지

나만 놓으면

나만 놓으면 끝날 관계라는 걸 알고 있었어

열 번 상처받는 것보다
한 번 헤어지는 게
더 아플 걸 너무 잘 알아서 붙잡고 있었어

맞아, 고집부렸어

우리라는 이름으로 함께 물들어 가는 법을 몰라서
그렇게 서서히 멀어져 가는 것도 모른 척했어

참고 버티다 한 번 놔 볼까, 하고 놔봤어

예상은 언제나 빗나가지 않아서
그대로 멀리멀리 멀어졌어

아니,
넌 이미 그 끈을 놓고 있었어

내가 끝을 알렸을 때
넌 아무렇지도 않았거든

처음부터 끝까지 짝사랑이었던 걸까
의구심이 들 수가 없는 사이였어, 우린

서로를 너무나 원했고
그냥 네가 조금 더 빨리 식어버린 것뿐이야

이렇게 될 일이었어

내가 만든 건 운명이었지만
우리가 만든 건 필연이었어

잘 지내, 라는 말과 희뿌예진 망막밖에
설명할 길이 없었어
안타깝지만 그랬어

사랑이란 건 황홀하다가도
참 잔인했어

물감

깨끗한 물에 한 방울 미세한 색의 물감을 넣어도
물이 뿌옇게 번져나가듯
너를 한 방울 한 방울 타 넣었다

어느새 희미했던 색이 보이지 않게 탁해 진지도 모르고
계속해서 너를 한 방울 한 방울 타 넣었다

결국 투명한 물을 계속하여 넣어도
더 이상 투명해지지 않았다

그게 너였다,
넌 그런 사람이었다

소리조차 없이

빗속도, 어둠 속도 상관없었다
너와 함께여서

그러다 우연히 발견한 예쁜 돌 하나

투명했던 우리의 사이에 풍덩 빠져든다
그동안의 기억들이 모래의 파편이 되어 내린다

흰색에 한 방울 검은색을 떨어트리면
다시 흰색이 되기 어려워지잖아

모래의 파편들로 흙탕물이 되어버린 우리도
견디지 못하고 흩어져 버렸지

이젠 더 잃을 것이 없어졌어

어제의 달이 다시 뜨지 않는대도
어제가 영영 오지 않는대도

이제 와 후회한들 무슨 소용이야
이미 지나간 것들은 소리조차 없는데

동그란 무지개

처음 함께였을 땐 정말 각양각색의 색을 가졌었어

너도 그럴까
우리가 우리가 아니게 된 순간이 흑백으로 변했을까
명도만 남아 몇 안 되는 색들만 간신히 기억하고 있을까

동그랗고 예쁘게 돌아가던 무지개는 멈추어 버려서
버려진 놀이동산의 관람차 같아졌을까
흑백으로 뒤엉킨 세상에 살고 있을까

나는 그래,
색을 찾아보겠다고 꾸역꾸역 관람차 맨 위로 올라

갑자기 무서워졌어
정말, 정말로 아무것도 남아있지 않아서

갑자기가 아니었겠지만

이제야 발견해 버린 내 눈을 의심해

꿈은 흑백으로만 보인다고 하잖아

이건 분명 꿈일 거야

우리가 있던 세상만 진실일 거야

총천연색으로 빛났던 동그랗고 예쁜 무지개가 있는 세상

지금 여긴 너무 높고 무섭고 아득해

예전의 그곳으로 돌아가고 싶어

네가 찾아와 다 거짓이었다고 말하면서

내 손 꼭 붙잡고

다시 색을 물들여줬으면 좋겠어

별만큼 사랑해

널 얼마만큼 사랑하냐고 물으면

난 항상 별만큼 사랑한다고 했었지

내가 그렇게 좋아하는 달만큼도 아니고

별만큼 사랑한다고 했었어

이제 와서 하는 말인데

별만큼 사랑한다는 말은

10억 년 100억 년의 시간이 넘을 시간만큼

널 좋아할 거라는 뜻이었어

그냥저냥 사랑하고 끼워 맞춘 사람이 아니라

널 아주 소중하게 대하고 있었다고

이제 와서 말해도 소용없겠지만

아직도 별만큼 널 생각하고 있어

음,

그냥 보고 싶다고

우리의 색은

우리 시작은
각자 한 방울씩의 색으로 시작됐지

그렇게 점 같은 하나의 색들로 시작해서
서서히 커지다가 가까이 다가가 섞이기 시작했어

아름다운 물빛색이 되어 찬란했고
서로 진해지며 오묘해졌고
결국 너무 많이 진해져 버린 우린
너무 깊어진 색으로 변해버린 우린

검게 검게 변해버렸지
되돌릴 수 어려워져 결국 버리고 말았지

아름다운 추억들이 묻혀있는
그 검게 그을려버린 마음들을

내려앉은 밤

어느 저녁 즈음,

하늘은 여러 가지 색으로 물들었고
나는 그 총천연색의 빛들에 눈이 부셔 눈을 감았지

소파 위에 놓여있던 쿠션에
살짝 기대 걸터앉았어

눈을 지그시 감고
종일 바쁘고 치열했던 시간을 곱씹어 봐

아프기 그지없던 말들과
속상했던 행동들이 쉴 새 없이 차올라
이러다가 결국 며칠 뒤면 터져버리고 말겠지

나도 알아
바꿀 수 없다는 걸

그래도 조금만 더 용기가 있었더라면
이렇게 찰랑댈 만큼의 감정이 되지는 않았을 텐데
하고 부질없는 생각을 해봐

바보 같지만 이게 지금의 최선이야

하늘도 이제 까맣게 물들고
별 하나 없는 까만 밤하늘은
달만 밝게 빛나고 있어

가끔 꿈속에서 너를 봐
너는 항상 날 포옥- 포근하게 안아주고는
뒷모습을 보이며 떠나가지

그래도 그 모습조차 좋아서
아직도 마음에 너라는 기억의 파편이 남아서
그렇게라도 위로받고 싶어서

오늘도 꿈속에서라도

널 만나길 바라

안녕 잘 자

꽃으로 피워내겠다

비가 오는 것처럼 그렇게 헤어졌다

어느 노래 가사처럼
열 번의 아픔보다 한 번 이별이 더 아플 줄 알기에
꺼내두지 못한 우리의 끝

서로 알고 있었지만
마음속 침묵으로 묵혀두었던 말을 네가 꺼냈다

사실은 알고 있었다
우리는 끝날 것이라는걸

너와 읽었던 풍경들
그리고 도사리고 있는 내 마음속 흉터들

또 어느 날 비가 오는 날들이 이어지면
그 흉터들에도 새 꽃을 피우겠다고 다짐했다

너의 첫사랑이었다고

눈을 붉히며 말하는 네 모습을 잊지 못할 것 같다

사랑했던 사람아

우린 아픔보다 사랑이 많았기에 지금 다시 살아가야 한다

속으로만 되뇌던 말

이젠 진짜 안녕

싸구려 양주

첫 책, 계약까지 마치고 인쇄만 남은 상황이었다. 간단히 축배를 들기 위해 방구석 창고에 처박혀 먼지만 쌓이고 있는 명절선물로 받았던 고급 양주를 뜯었다. 맥주를 즐겨 마시던 탓인지 기분이 좋았던 탓인지 나는 금방 취기가 올라왔다. 자연스레 책 속의 너의 기억들이 떠올랐고 이내 눈시울이 붉게 물들었다. 맞다. 너는 점점 희미해지고 있다. 그러다 문득, 너와 싸구려 양주라도 마신 적이 있었나 생각이 들었다. 그렇게 또 네 생각을 하고 또 너에게 답신이 오지 않는 메시지를 보내본다. 함께했던 거리를 봐도 함께하던 사진들을 이따금 꺼내어 보아도 아프지 않았는데, 이 좋은 술을 마시고 있는데도, 내겐 아주 행복한 날인데도, 네 생각 한 번에 눈시울이 붉어지는 걸 보면 난 아무래도 아직 멀었나 보다. 오늘 같은 날은 꿈에라도 나와주면 얼마나 좋을까.

2부

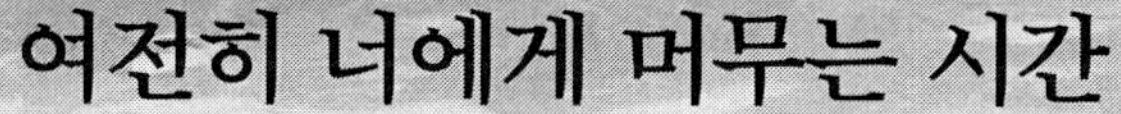

여전히 너에게 머무는 시간

여전히 너에게 머무는 시간

햇살만 좋은 날

잠시 쉬고 나면 나아질 것 같은 일도
금방 끝날 것 같았던 일도
끝이 나지 않고 있다

어두운 터널 속에 갇혀버렸다

마음이 가는 대로 실천했다고
다 이루어지지는 않지만

저 날아가는 바람처럼
또 날려 보내면 그만인 것인 줄만 알았는데

둥둥 떠다니는 구름처럼
스르르 흘러가면 그만인 것인 줄만 알았는데

야속하게도 햇살만 참 좋은 날이었지
바닥까지 무너졌던 날은

선의의 거짓말

난 언제까지
내 목에 걸려있는 너와의 마지막 미련을 끊지 못할까

난 언제까지
내 기억을 헤집으며 너를 기억할까

오랫동안 자리 잡고 있던 고리
끊어지지 않는 너의 고리

아직 마음의 모양이 선명한데
다른 사람의 눈에는 다르게 보이려 바꾼 증명

나만 아는 내 선의의 거짓말

너도 기억할까
내 비밀의 숲속, 남몰래 숨겨놓은 내 마음의 형태

흩어진

초저녁에 잠이 들었어
꿈에 네가 나왔어

날 보며 예전의 그 빛나는 미소로 날 보며 웃어줬어

얼마나 그리웠는지 몰라
수줍은 미소와 너의 품속

매일 꿈에서 깨어나면 어김없이 허상이었지만
안개같이 사라져 버릴 형상이었지만

다시 만나고 싶어 눈 꼭 감고 다시 잠자리에 들어봐

근데 꼭 그렇더라
한 번 나와서 나에게 여지만 남겨주고 떠나가더라

차라리 나오지 말지 그랬어

기대 같은 거 안 하게 나오지 말지 그랬어

나 간신히 널 버티고 있는데
넌 허상으로도 날 그리워하게 만드니

잔인한 사람이야

내가 이만큼 오려고 얼마나 노력했는데
내가 널 일상에서 빼놓기 위해 얼마나 아팠는데

한순간,
뿌옇게 네 형체만 남겨두고 떠나면
난 다시 널 어떻게 잊니

이상형

처음부터 네가 이상형은 아니었어

난 키가 크고 덩치가 좋고
말랑말랑하게 살이 찐 사람을 좋아했었지

하지만 너는 나와 키 차이도 얼마 나지 않았고
덩치도 좋지 않았어
그리고 근육량이 체지방보다 더 많을 만큼
잔근육이 많은 몸이었지

하지만 우린 딱 맞는 퍼즐처럼 항상 꼭 붙어 다녔어
마치 떨어지면 그림이 흐트러지는 그런 사이처럼

그래서일까
우린 너무 딱 맞아서 조금만 어긋나도
찢기고 뭉개지고 부서졌어

대충 보기에는 꼭 맞는 것처럼 보였지만
자세히 보면 잔해들이 많았어

우리가 안 맞았던 횟수, 꼭 그만큼

난 그 이후로
너무 꼭 맞는 사람은 만나지 않았어
일부러 틈이 있는 사람들을 만나왔어

그런데 이상하게도 자꾸만 너와 나 사이의
그 꼭 맞았던 시절들이 사무쳤어

안타까워도 어쩌겠어
우린 이제 마주칠 수도 없는 사이인걸

나에게도 다시 너처럼 꼭 맞는 인연이 올까

그럼 같은 실수를 조금이라도 줄여 볼 텐데
딱 맞아 비좁은 사이를
바람이 비집고 들어오게 두진 않을 텐데

사람의 인연은 언젠가 꼭 찾아온다잖아

근데 있잖아,
어쩌면 지나버렸을 내 인연인 널 그리워하면서
나는 이대로 살아갈지도 모른다는 생각이 들었어

그래도 너였던 이유

단 하나의 이유였다
네가 나를 사랑하게 해야 한다는 이유

다른 사랑은 눈에 보이지 않았고
너를 보며 이게 정말 사랑일까 싶었다

처음은 호기심이었고
널 알고 싶었고
그다음엔 널 사랑해 버렸다

짝사랑
그런 거 안 한 줄 알았는데
너와의 우연을 만들었던 일들이 짝사랑이었다

그러다 그 과정마저 사랑하게 돼버렸다
그러니 자연스레 네가 왔다

모든 게 꿈같은 하루하루였다

깨고 싶지 않았지만
너무 빨리 깨버렸다

조금만 서운해도 눈물이 쉴 새 없이 쏟아졌고
내 마음이 아팠던 걸 나도 몰랐다

그렇게 모든 걸 알지 못한 채
나의 무거운 마음이 끈을 끊어 버렸다

이미 끈은 끊긴 상태로 오랜 시간이 흘렀지만
우린 계속 사랑이었다

누구나 함부로 들어올 수 없는 그런 관계였다
생채기에 아파도 좋고 쓰라려도 좋았다

너와 나의 청춘을 다 쓰고나서
우린 서로의 눈빛에서 사라져 있었다

그게 익숙함인 줄도 모르고 오래오래 아팠다

순간을 돌릴 수 있는 특별한 기회가 온다면
유난히 특별했던 네 반짝이던 눈빛을 바라보고 싶다

보고 싶다
모든 진심으로 사랑했던 너를

바람에 닫힌 문

우울 속에 살았다. 눈이 떠지면 술이 날 달랬고 다시 취해 잠이 들었다. 또 한동안은 무작정 걸었다. 하루의 반의반 이상씩 매일. 폭우가 와도 바람이 불어도 아스팔트가 끓어도 끊임없이 몇십 개 계절을 걸었다. 그렇게 술과 걸음들과 악몽들로 지냈다. 아니, 지내고 있다. 가끔 괜찮은 바람이 불었지만, 그 바람에 마음의 문만 여닫혔다. 그러다가 오랜만에 눈물이 날 때는 의외로 너무 행복할 때였다. 이렇게 행복하면 안 될 것 같아 눈물이 났다. 속절없이 흐르는 눈물들을 닦으며 또 꾹꾹 감정을 눌러버렸다. 그러면 안 되는 걸 누구보다 잘 알면서도, 참지 말라고 흐르는 대로 살자고 해놓고선, 그러질 못했다. 한 아이를 키우는데도 온 마을이 필요하다는데, 온 마음을 다해 울지 못하고 온 마음을 다해 웃지 못하고 감정만 눌러 삼켰다. 목적지 없이 걸을 때면 다시 텅 빈 마음이 되어버린다. 바보같이.

너를 향한

가지 말라는 마음은
입안에서만 맴돌고 있었다

무심코 던진 돌 하나의 파동과
무심코 뱉은 내 한숨은

잔잔하게 퍼져나갈 뿐이었고

다시,

처음으로 되돌리고 있어
잃어버린 널 찾기 위해서

네가 황량한 사막이라 해도 괜찮아
내가 작은 나무를 심어 숲을 이루어줄게

네 그곳에서 편히 숨 쉬도록

끝날 줄 알면서도 늘어지게 붙잡고 있는
내 마음 알기나 할까

오늘도 새하얀 종이에 바람을 그려서
너에게 고이 접어 보내고 있어

멀리 날지 못하고 떨어져 산처럼 쌓여있어
널 볼 수가 없어졌어

그런 길

어느 날은 목적지를 정하지 않고

지름길을 피해서

인적 없는 거리를 떠돌며

산책하는 상상을 해

왜 내가 그런 길을 좀 애정하잖아

하늘도 파랗고 구름도 새하얀 날이야

그런데, 구름이 하얗다고 비가 오지 않는 건 아니더라고

몇 번째일까

가랑비가 흠뻑 적실 만큼

신호등이 몇 번이나 바뀌었는지 모를 만큼

언제까지 기다려야 올지 모르는

우리의 인적도 없었던 이 길에서

널 또 기다리고 있어

그렇게 그렇게 비를 향해 걷다 보니
너와 함께한 길이야

나는 아직도 바보 같기만 해
나 정말 어쩌면 좋니

빨간 줄

팽이 돌 듯 제자리였던 우리는
순간순간이 지나 결국 멈추어버린 우리는

떠오르는 저 해처럼
차오르는 저 달처럼
흘러가는 저 구름처럼

바뀌지 않는 것은 없다지만

네가 안쓰럽다가도 미워서
붙잡고 있는 내 마음은

까맣게 덮어도
눈을 가려봐도

선명히 그려지는
어둠 속의 빨간 줄들

차라리 솔직해져 봐
우리의 목적은 다르다고

마음에 남은 생채기는 낫지 않는다는데
정면으로 마주하며 아파하고 있어

하지만 더 이상 네 눈빛엔 내가 없어
그래도 멈출 수 없는 생각을 어쩌지

허상

기다리는 건 항상 내 몫이었지
문득 생각나는 건 항상 네 몫이고

녹슨 지난날들로 버텨내 보는 하루하루

흐린 얼굴을 하고
손을 내저으며 널 찾고 있어
곁에 있는 줄도 모르고

밖에는 추적추적 비가 내려
한 방울 빗줄기에도

그렇게 또,
그렇게 또 무너졌었지

너와 함께 심었던 씨앗이 많이 자라 묶어뒀었어
꽁꽁 묶여있던 얇은 가지에도 뿌리가 자라났지

날 묶어두고 있었던 건

어쩌면 허상일 뿐일지도 모르겠다

죽은 말

오늘도 의미 없는 말들만 오고 가는
우리 사이가 우리가 아니다

스스로 죽은 말이었다
너에겐 그래도 괜찮았다

한구석 안 아픈 사람이 어디 있겠냐며
그마저도 사랑하는 거라며 붙잡았다

더 잘 지켜주려 했던 거였는데
오히려 네 세상을 헤집어 놓았다

넌 영원할 것처럼 사랑하고
영원히 뒤돌아보지 않을 것처럼 떠나갔다

나를 위로하지 않기로 했다

희망이라는 존재를 잊고
철저히 망가져야지

그래야 살아질 것 같다

그리움을 사랑하는지
널 사랑하는지 모르겠다

희망이라는 존재를 잊고

서랍 속

소중한 사람들은 너무 빨리 떠나간다
소중할수록 시간이 빨리 흐르게 되는 걸까

어김없이 비바람이 몰아치는 날이었다.
빛도 구별하기가 어려웠다

처음으로 되돌리고 있다
잃어버린 날 찾기 위해서

먼지가 가득 쌓인
오래된 자리를 보며
네 생각을 했다

진작 버려야 하는 일을
꽤 오래 간직하고 있었다는 사실을

너를 지우기 위해서는

나를 지우는 일 밖에는 방법이 없었다

허무하고 허전하다
채우려 할수록 덜어지는 느낌이다

어쩔 수 없어
차곡히 또 너를 채웠다

벽난로 속 사진

벽난로 속에 네 사진을 던져 넣었다
황급히 다시 꺼내어 한참을 흐느꼈다
손이 데인 지도 모른 채

이맘때쯤 네가 했던 말이 기억난다

'바람이 선선해지면 만나자.'

그 마지막 끝으로
바람은 매섭기만 했다

아픔이 사라질 때쯤
너도 그렇게 사라져 갈까

네가 있으면
하나도 무섭지 않던 겨울이

이제는

황량해질 것 같아 두려워

정

정이란 게 참 무서운 거더라

쓰레기통에 버린 쓰레기를 다시 주워 올 만큼

널 버리고 집으로 돌아왔다가 다시 나갔어

애꿎게 떨어지는 낙엽들만 보다가

시간이 늦었을 뿐이라고 말하고

널 다시 주워 왔어

안되는 건 알지만 그래도

술에 취해 그랬던 건 알지만 그래도

미어터지는 기억들에

마음이 음소거가 되어버린 것 같다

꽃이 피기까지는

사람들이 그러더라

최고의 복수는
내가 행복하게 사는 모습을 보여주는 거라고

근데 나는 그렇게 생각이 들지가 않아
왜냐하면 난 지금이 가장 중요한 사람이거든
이 아픔을 빨리 놓아버리고 싶은 사람이거든

내가 소중하듯 연기하며
거짓된 모습으로 날 아껴주고
색칠해 버린 널 용서할 수가 없거든

난 네가 미래에 어떻게 살던 중요하지 않아
그냥 지금은 네가 많이 아팠으면 좋겠어

그러니까 내 말은

지금 내가 하는 증오 분노 우울과 짜증들이
사그라질 때까지만이라도 아파하고

그 이후엔,
너만의 향기를 가진
선한 사람이 되었으면 좋겠다는 뜻이야

넌 꽃이 될 거야
내가 흘린 눈물로 피어난 꽃

난 널 잊어도 넌 날 잊지 마

삐걱삐걱

절망도 한계가 있다

악을 쓰는 게 모이면
포기하게 된다
체념하게 된다
눈물도 마르게 된다

고장이 난 의자를 고쳤지만
삐걱삐걱 소리를 내며 고쳐지지 않았다

차마 버리지 못하고 곁에 두었다

좋게 잘 보내주는 건 어떻게 하는 걸까
좋게 헤어지는 건 어떻게 하는 걸까

삐걱거리는 우리를
차마 버리지 못하고 곁에 두었다

비어버린

앞을 보고 가라던 말들이 들리지 않았다
지금 내 앞조차 깜깜해서

부러진 조각들을 이어 붙이려 노력했지만
가상의 그것들에겐 전부 헛수고였다

결국 들려오는 건
전화를 받지 않는다는 안내 멘트 음성뿐

언제 끝날지 모르는 정적과
그 정적을 닮아가는 듯 비워져 가는 캔버스

온통 무채색이 되어버린 너와의 추억들
비어버린 마음들

마른장마

형태 없는 먹구름만 뿌옇게 가리고 있다

올해 여름은 마른장마라던데
내 마음도 날씨를 닮았나

주룩주룩 내리던 눈물도 그치고
말라버린 자국만 바라보고 있다

마른세수를 하며 너를 지워본다
땀방울들이 입안으로 조금 들어왔다

아직도 짠 내가 남아있는 걸 보니
아직도 아무도 모르게 내 마음은 장마인가 보다

그래도 진심이었어

단 한 순간도 맹세코
진심이 아니었던 적 없었어

싸워서 쏟아내던 눈물들도
그냥 나와서 우는 거라고 했지만
사실 힘들었어, 많이
알고 있었겠지만

나는 우리의 공백이 싫었고
너는 시간이 지나면 잊혔어

난 너의 시간을 기다리는 게 힘들고 서러웠고
넌 너의 시간을 존중해 주지 않는 게 미웠겠지

알고 있었어, 나도

그래도
그 공백이 우리의 마침표가 되는 것만 같아서
참고 기다리기가 싫었어

최대한 눈물 꾹 참으면서 바라만 봤어
가슴이 찢어진다는 기분이 딱 그럴 거야

처음엔 날 안아주며 달래줬던 너였는데
나중엔 날 내쫓는 네가 되었어

무서웠어

영영 네가 날 안아줄 것 같지 않았어
헤어지고 싶냐고 물어보면 응, 이라고 말할 것 같아서
물어보지도 못하고 조용히 울음만 삼키다가

그 자리에 익숙해질 때쯤이면
곁으로 와서 항상 안아줬어

그러면 또 나는 사탕 물린 아이처럼 눈물을 그쳤지

그렇게 또 그렇게

몇 번의 계절을 보냈는지 모르겠어

셀 수 없이 많은 계절을 너와 보내고

셀 수 없이 많은 너와의 계절을 다시 보내고 있어

같은 계절

흉터의 쓰라림

가을을 닮아있다
기억이 피어난다

겨울보다 가을이 더 시렸다

네가 떠난 자리 위에는
서리도 내리지 않았다

흉터는 아직 그 자리에 있다
나는 아직 가을에 있다

뜨거웠던 비수가 식지 않는다
처음의 뜨거움과 같은 온도로 남아있다.

너의 마지막이 이렇게 뜨거웠다
네 마지막도 아프길 기도했다

아직 네가 남겨준 상처를 더듬거려본다
뜨거운 온도로 피어오른다

번지는 물결

누군가의 작은 감정들도 받아주기 힘들었다
네 감정으로 가득해서

보이는 것들만 치우고 버렸었다

그걸로 위안했나 보다
그래서 깊어졌나 보다

네가 떠난 후,
내게 엮여 있는 것들은 대개 엉망이었고

흘린 마음을 주워 담아
다시 우리의 장소를 찾았다.

'너의 발자국도 다녀갔으려나' 같은
후회 담긴 쓸데없는 생각을 하며

그래서일까,

널 떨쳐내려 떠난 바다에서
몰아치는 파도를 멍하니 보다

물방울들 속 번지는 네 모습을 보았다

밀려오는 파도가 슬퍼 보인 게
거짓이 아니었구나

나에게로 가까이 떨어진 방울들은
땅으로 떨어져 흔적만 조금 남긴 채
다시 안 보이게 되었다

오늘도 너는 마지막이 아니기를
미련 가득 담아 바다에 띄워 보내고

다시 네가 없는 그곳으로 돌아간다
난 또 여행자가 될 수 없었다

물꽃

검은 바다가 몰아쳤다
비바람이 불어도 파도만은 선명했다
파도에 물꽃이 피어났다 졌다 반복했다

너와 추억 하나하나를 곱씹을 때마다
검던 바다가 조금씩 빛을 탔다

물꽃이 폈다
사랑이란 게 이겼다

오늘도 파도에 물꽃이 핀다
너를 생각해야겠다

다음에 또 오자

다음은 오지 않았다,

다음에 같이 보내자던 계절도
다음에 같이 오자던 자주 가던 식당도

계절도 사라졌고 식당도 다음도 사라졌다

다음에가 아니라 그때를 만끽해야 했고
쉼표로 가두어 놓은 시간을 풀어놨어야 했다

그래서 지금 쉼표 안의 삶에 살고 있다

삶의 한 페이지의 쉼표 안에서
다음으로 넘어가지 못하고 있다

고이 접어 둔 페이지를 넘기지 못하고 있다

막막한 불빛

흐려져 가는 기억을 붙들고
새로운 기억으로 덧칠하려 해

주어진 것에 감사하기엔
주어진 마음이 너무 없어서

잊지 않으려 잊지 않으려
안간힘을 쓴다

아주 깊은 밤,
길을 잃었을 때 밝혀주던 가로등 같은
막막한 불빛 같은 사람이었던

그런,
너 없는 새벽이 익숙해지면
내 아침도 그렇게 밝아올까

하염없이,
이 내 마음 날아갈까 도망갈까
떨리는 손으로 꾹꾹 눌러 본다

자국만 남긴

너에게 보낼 편지를 쓰고 있다

한 글자 한 글자 꾹꾹 눌러쓰니

너에게 보내는 편지 하나
나에게 남은 자국 하나

다시 그 자국에 맞추어 꾹꾹 눌러써 본다

한 글자 한 글자 꾹꾹 눌러쓰니

너에게 보내는 편지 하나
나에게 남은 자국 하나

보내지 못할 편지를 쓰고 있다

그럴 수 있을까

다시 일어설 수 있다는 건 안다
전에도 여러 번 그래왔으니까

그래도 지금이 힘든 건 어쩔 수가 없다

넘어졌다가 일어서면 다시 달라질 수는 있는 걸까
전처럼, 그전처럼, 똑같이 일어설 수 있을까

이젠 자신이 없다
답이 정해져 있는 문제였으면 좋겠다

나 자신도 나를 믿어주지 못하는 상황에서
어떤 걸 선택하던 후회할 것 같다
내가 할 수 있는 게 나를 못 믿어주는 것뿐이라 속상하다

무기력감이 심해진다

정신이 멍하다

짜증이 터질 것 같다

눈물이 터질 것 같다

이 감정들을 쏟아내고 나면 다시 일어설 수 있을까

거짓이었네요

시간이 해결해 준다는 그 말
다 거짓이었네요

진실이었다면
이렇게 오래도록 아프지 않았을 텐데요

사랑이 담긴 마음은 시간이 소용없다는데
온통 사랑이 있는 마음들뿐인데
시간이 해결해 줄 수 있는 것이 무엇이 있을까요

시간이 해결해 준다는 말만 믿고
몇 번의 계절을 보냈는지 셀 수가 없어요

거짓이었네요
아픔을 숨기기 위한 더 아픈 거짓이었네요

걸림돌

항상 그 자리에 깊게 박혀있는
어느 길 걸림돌

같은 자리에 있지만
평소에는 크게 신경 쓰지 않아서
같은 자리에서 걸리는 그런

가끔 넘어질 때면
나와의 추억이 생각나기를

때론 아파도 하고
때론 웃음도 짓고
때론 사무치기도 하기를

괜찮아

누군가 물었다

"넌 그 사람 없이도 괜찮아?" 나는 대답했다
"괜찮아."

사실 하나도 안 괜찮았다

모두가 다 알고 있을 만큼
그 마음을 나만 모른 척했다

다시 시작하면 되지
다른 사람 만나면 되지, 하면서
외면하며 내 마음을 아프게 됐다

아무거나 했다
정신없는 하루들을 보냈다

그 사이사이마다 네가 끼어있는 것을 모른 척했다

시간이 지나지 않아도
해가 지고 달이 뜨듯이 괜찮아질 거라 생각했다

착각이었다,
난 하나도 괜찮지 않았다

그 사이사이마다 네가 끼어있는 것을 모른 척했다

꿈같던 너

한참을 아픔에 가둬져 있을 때

너의 한마디가 그리웠었는데
정말로 절실해서 죽을 것 같았는데

시간이 약이라는 말이 맞긴 한가 봐

괜찮을 것 같은 바람이 불었어
그래도 날아가지는 않았어

상처가 흉터가 되어서 남은 걸까
얼룩이 되어서 마음에 새겨진 걸까

아무래도 상관은 없지만
기억은 선연해도 네 목소리는 기억나지 않아
마치 꿈처럼

차라리 다 꿈이었으면 싶다가도
그러면 내가 내가 아니게 되어버려서
그런 건 꿈에서도 꿀 수 없어

망각

무한한 삶은 없다
모두 유한한 삶 속을 흘러가고 있을 뿐

쓸데없는 생각을 해대며
내가 아니기를 바라는 날들이 잦아지고

무너지고 나서야
순간순간 문을 두드리는 불안들이
데리고 오는 것들은
대개 가시 같은 것들이란 걸
그제야 깨닫게 된다

굳이 문을 두드려 생채기를 남기고 가는 이를
붙잡아 둘 수 없는 사실을 망각하고서 뒤따라간다

금방 깨닫고 뒤돌아오는 걸음
뼛속엔 후회만 잔뜩 베어 돌아오곤 했다

그러고는 다시 반복하며

후회를 살고 있다

여전히 벗어나지 못한 채로

빈 창고와 새 마음

언제부터인가 느껴졌어

내 마음속에 아무것도 없다는 게

새로 지어 올린 마음의 창고에는

아무것도 들이지 않겠다고 다짐했던 적이 있어

채우려고 만든 것이 창고인데

다른 사람을 들이려고 만든 내 마음의 방인데

아무도 들이고 싶지가 않았어

그러다가 평소와 같이 텅 비어 있는 공간을 바라보는데

누군가가 문을 열고 도망치는 게 느껴졌어

단순히 호기심이었을까

걱정하며 문을 다시 닫아 버렸어

그런데 또 다른 날,

문을 더 넓게 열고 그 사람은 도망쳤어

덕분에 나는 창고 안에서 보내는 시간에 밖으로 나와봤지
오랜만에 맞는 볕은 정말 따사로웠어

시리게 부는 바람과
따듯하게 내리쬐는 볕을 느끼며
기다려 보기로 했어
어떤 사람인지

예상외로 따듯한 사람이었어
장난기 넘칠 것 같은 얼굴을 한 어린아이가 아니라
든든하게 지켜줄 것 같은 사람이었어

가끔 만남과 헤어짐을 가지며
웃지 못할 것만 같던 나도
도란도란 웃을 때도 있었고
뜨거운 볕을 가려주는 손길도
그다지 싫지만은 않았던 것 같아

이 사람은 괜찮을 것 같다. 라는 생각이 들었을 땐
이미 그 사람은 떠나버렸어

이번엔 자물쇠까지 채워두고 꼭꼭 숨어 버렸지
이젠 문을 열려고 손잡이를 건드는 소리에도
바람이 흔들고 가는 소리에도 두려워졌어

이러지도 저러지도 못하는 내가 안타까워

시간이 지나면 괜찮아질까
시간이 지나면 저 문을 환히 웃으며 열 수 있을까

부서지는 것들

파도와 파도가 만나면
상쇄되는 걸 알고 있었니

큰 파도도 작은 파도가 부딪치니
작은 파도가 되더라

나도 그랬나 봐

네 품에 안길 때는
내 아픔도 슬픔도 작아졌나 봐

너도 내가 안길 때
아프다는 걸 알고 있었니

눈

터벅터벅,
너를 따라 걷는다

바스락거리던 바닥이
금세 하얗게 변했다

눈이 흩날린다
차갑게 변한다

내 마음에도 흰 눈에도
짓밟힌 자국이 남는다

연신 짓밟히는 소리만 울린다

텅 빈

멍하게 바라보다가 손에서 놓친 것들이 많았다

손가락 사이로 스르르 빠져나가는지도 모른 채
그냥 빠져나가면 그런대로 두었다

그러다 문득, 내가 아닌 것 같았다

아니, 세상이 현실이 아닌 것만 같았다
세상에 나만 존재하는 것 같았다

텅 빈 발걸음들만 의미 없이 흘러갔다

나는 지금껏 무엇을 잡고 있었나
무엇을 위해 있는 힘껏 힘을 내어 손에 쥐고 있었나
대체 무엇을

그 무언가는 무엇이었고
나는 왜 그랬을까
마침표와 물음표만 남발하며
쉼표 없이 살아왔나

도대체, 왜

종이

한번 구겨진 종이는
아무리 애써봐도 자국이 남는다

한번 사용한 종이도
아무리 신경 쓰며 사용해도 흔적이 남는다

관계도 종이와 같다

아무리 노력해도
떠나는 관계가 있고

노력하지 않는대도
곁에 있어 주는 관계가 있다

사용할 사람
사용한 사람

그 언저리

사람의 체온은 삼십육도 그 언저리에 머문다

그보다 1도만 높아져도 안 되고
그보다 1도만 낮아져도 안 된다

마음 온도도 비슷할 것이다
그 1도 차이가 얼마나 큰지 알기 때문이다.

한마디의 말과
한마디의 눈빛이 주는 온도는

아주 미세하지만
사람을 차갑게 만들 수도
따스하게 만들 수도 있는 것이다

나이를 먹어갈수록 어른이란 단어와 가까워지지만
반대로 마음 온도는 어른과 멀어지게 되어있나 보다

할 수 있는 것들에 제약이 생기고
망설이는 것들만 늘어가는 요즘

나는 어른이 아니라 어린아이에 머물고 싶다

엮인다

엮인다,
한번 엮였던 것들은 다시 엉키기 마련이다

아무리 잘라내고 다듬어봐도
뿌리를 뜯지 않는 이상 엮이고야 만다

잘린 뿌리에도 뿌리가 자라나기에

의식주인

사람은 살아가면서
세 가지가 꼭 필요하다

옷을 입을 수 있는 의
삼시 세끼 밥을 먹는 식사의 식
잠을 자고 생활할 수 있는 집 주

여기에 한 가지가 더 있다고 생각했다

어쩌면 우리가 살아가는 원동력 사람의 인

사람은 혼자만으로 살 수 없다
어떠한 관계든 어떠한 이유든
사람이 엮이지 않으면 공허함에 빠지게 된다

그렇지만 아무 사람이나 필요한 건 아니다
섣부르게 판단할 문제도 아니다

같은 처지에 있는 사람일수록 더 끌리는 건 사실이지만
겪어보지 않으면 모르고 언제 바뀔지 모르는 게 사람이다

다 가질 수는 없는
어쩌면 가장 중요한 한 가지, 사람

3부

끝에서 다시
피어나는 작은 기대들

당신은

제일 아픈 건 당신이면서
왜 세상 행복한 척해요

당신도
누군가의 봄이었어요

잘 지내고 있다는 말이
저는 왜 생략된 말 같을까요

아주 작은 상처에도 쓰리고 아픈데
당신은 얼마나 많은 아픔 가지고 살고 있나요

그 순진한 표정에
어둠이 드리워질 때면
간절히 바라요

당신 일상에 울림이 잔잔한 하루가 이어지길

청춘의 모순

오늘도 고된 하루를 버티고 샤워를 하고 간단하게 맥주를 먹으며 아이들이 나오는 예능을 보고 있었다. 다들 웃고 있는데 혼자 청춘이 부럽다는 출연자 아이의 엄마. 갑작스레 눈물을 흘렸다. 누가 봐도 부러워할 직업과 외모 그리고 성격을 가지고 있는 엄마였다. 청춘이라고 불리기에도 아름다운 사람, 덧없는 사람이었다. 그런데 울면서 청춘이 부럽다니. 그녀의 말과 행동이 내 심장에 비수를 꽂았다. 내 인생의 청춘은 언제였을까, 언제일까? 지금이 청춘인가? 지난날들이 청춘이었을까? 언젠가 그녀를 만난다면 말해주고 싶다. 당신은 영원히 청춘이라고, 그전에도 지금도 그리고 미래에도 영원한 청춘을 가지고 있다고, 당신은 빛나고 있다고.

순수해

투명한 내가 되고 싶다

어떠한 색도 온도도
흘러 들어올 수 있는

그런,

무슨 색을 좋아하냐는
물음에 답하지 않을래

네가 편히 스며들 색을 고를 수 있게

아무도 밟지 않는 눈이
마치 너를 닮아있어서

함부로 너를 못 안을 것 같아

그러니 네가 내게 스며들어
따스한 농도로 같이 살자

그런 사람

보글보글,

떠오르는 중일까
가라앉는 중일까

행복한 일이 일어났다고 해서 말이야
전부 내 행복이라고 할 수는 없겠더라고

내 행복도
네게 몽땅 주고 싶거든

너는 뜨거운 무언가와 무척 닮아있어
내 감정들도 뜨겁게 솟구치게 만들어

그러다가 열기 가득한 날에는
시원한 물을 들이켜는 것과 같기도 해
나를 차갑게 식혀줘

그런 사람

넌 그런 사람이야

뜨겁고도 차가워서

누구든 함부로 막 들어올 수 없는 그런

또 살자

집에 있는 걸 알면서도
괜히 한 번 눌러보는 벨 소리

내가 없을 동안 머물렀던 공기 같은 것들이
괴롭혔겠지

그 일렁였던 시선들을 내가 이해하는 날이 올까 싶다.

그래도 우리
기억들을 더듬으며 살아가잖아

차곡차곡 쌓아왔던 시절들을
하나씩 빼보며 버티다가
와르르 무너져 버릴 때도

옆에 있어 줘
그래야 또 살지

구름을 세며

너무 힘들게 살지 말자
너무 어렵게 살지 말자

잔잔한 결이 있으면
거친 결도 있다

그렇게 순리대로 살아가자

땅만 보고 걷지 말고
앞도 보고 하늘도 보고 누워도 보고

맑은 하늘의 조각구름 뭉게구름을 세며
그렇게 느릿느릿 걷자

조금 늦으면 어때
이렇게 내 옆에 네가 있는데

바다에 뿌리는 꽃씨

네 생각에 하루를 연명하다
나는 또 눈물바다에 빠지고 말겠지

눈물이 많은 나

내 눈물에 당신의 마음을 더해
우리 바다를 만들자

겨울에 떠나 봄이 되어 돌아오자
기약 없는 여행을 떠나자

그 바다에서 둥실 떠다니며
아무 생각도 하지 말자

우리의 바다를 만들어
그 바다에 다 버리고 오자

버리는 것은
다시 채우기 위한 것임을 잊지 말자

바람결 하나에
흔들리는 나라고 해도
모래성처럼 다 쓰러져 내린다고 해도
눈물도 마음도 다 쏟아내고 오자

그러다 서로 투박한 손길로 쓰다듬어 주자
이따금 서로의 마음을 꼬옥 안아주자

이 순간이 오래도록 이어지길 바라며

마음속에 꽃씨 하나 심어 돌아오자
진짜 봄을 기다리며

가득히 따스히

채워진 빗방울

사뿐히 흩날리던 눈이 내리는 계절이 지나고
흙 내음 가득한 비가 아스팔트를 적시는 계절이 왔어

그래, 봄이야
봄을 알리는 비가 내리고 있어

너와의 기억까지 차곡차곡 채워지는 것만 같아
바닥에 빼곡하게 수를 놓고도 멈추지 않는 비는
함께했던 기억의 향내가 듬뿍 퍼지고 있어

향수를 아무리 뿌려도 가려지지 않던
더욱 흐릿하게 내 눈가를 가리던 그 기억 말이야

너도 이 내음을 맡고 있을까

아주 가끔은,
그래 자주는 아니어도 아주 가끔은

내 생각이 나기를 바라

그것만으로도 메말랐던 내 마음에도
단비가 내릴 것 같아

둥둥

바다에 다녀왔어,

물을 무서워하는 나를
발이 닿지 않는 곳으로 밀어버린 널 원망했지

곧 깨달았어,

다시 돌아오는 법을 방법을 알려주고
초조해하는 날 기다려 준 널 고마워하게 됐어

내 마음도 둥둥,
널 향해 흘러가고 있어

그런 날이야

내 기억의 전부를 잊으면

내가 널 찾을 수 있을까
다시 태어난대도 우리 다시 만날 수 있을까

하루에도 몇 번씩 북받쳐 오는 감정에
네가 없을 리 없었지

보고 싶다고 듣고 싶은 날이야

우리가 끝을 말하던 순간처럼
익숙함으로 멀어지기 전 그 순간처럼

사랑한다고 듣고 싶은 날이야

가까워도 멀어도 다정한 언어로 안아주었던
이상하게도 힘이 났던 순간처럼

구름 한 점에도 웃을 수 있던 시절이 그리운 날이야

눈이 부시게 새파란 하늘 아래
서로를 놓칠까 마주 잡은 두 손처럼

오늘은 하늘을 한번 바라볼까
그럼 네가 날 찾아오는 기적이 일어날까

별일 없이 지내

돌고 돌아 묻고 물어 너의 소식을 들었어
별일 없이 지낸다니 다행이야

나 없이도 잘 지낼 수 있다는 사실 같은 건
이미 알고 있었어
우리 만날 때도 알고 있었거든

이제 날 놓아두고
다시 시작하려고

안녕, 이건 하나였을 때의 안녕이 아니라
다른 안녕이야

힘내지 않기

어둠이 있는 곳에도 빛이 있다. 슬픔이 있어야 기쁨도 있다. 어둠만이 존재하는 곳이라고 한들, 눈이 어둠에 적응하면 아주 희미한 빛이어도 공간감을 느낄 수 있는 것처럼. 슬픈 감정이 날 삼켜 버렸어도, 기쁘고 행복한 감정을 느낄 수 없는 것도 아니다. 어딘가에는 작은 빛과 행복이 희미하게나마 존재하고 있다. 그 희미한 빛은 점점 더 익숙해지고 더 커질 것이다. 감정의 전부가 온 힘을 쏟아내어 당신을 지켜줄 것이다. 걱정하지 않아도 된다. 힘내지 않아도 괜찮다. 힘내라는 말을 수없이 듣고, 당신은 그 말에 죽을 만큼 힘을 내었으니 말이다. 작은 일부터 쉬엄쉬엄, 삶의 여정을 지나는 사람이 되자. 상대는 위로였지만 나에겐 아픈 말들, 지나쳐도 된다. 한 귀로 듣고 한 귀로 흘려도 된다. 꼭 다 가져갈 필요 없다.

낮별

밤을 비추기 위해

낮에도 형체 없이 떠 있는
저 하늘의 별처럼

너의 고요한 밤을
조용히 밝혀줄게

초승달과 보름달의 사이,
그 사이에서도 항상 널 사랑해

끝에서 다시 피어나는 작은 기적들

우연

꾸역꾸역 넘기는 편지지엔
구겨진 자국들이 가득하네

우린 어떤 형태로든
다시 만날 거라고 했던 너는

비가 오면 날 찾아온다고 했던
너는 오지 않네

어쩌면 맞지 않는 우리 온도에 생긴 결로 같은 걸까

뚝뚝 떨어지는 축축한 이 눈물들은
어떤 형태로든 다시 만날 거라고

영원히 사랑해 보다는
평생을 지킬게라는 말을 건네고 떠나버린 너에게

아직도 보내지도 못할
편지를 쓰는 건

말로는 온전히 못 전하는 마음을
담을 수 있을 수 있기에

오래된 기억 야금야금 먹으며
힘낼 수 있기에

그렇게 나에게만 각박한 봄나무 밑에서
네가 나를 다시 찾아오기를

봄비 속 뛰었던 우리가
다시 뛰어다닐 수 있다는 생각으로

벚꽃이 흐드러지게 내리는 나무 아래
분홍빛 편지지를 꺼내며

다시 한번 우연을 믿어본다

스며들다

오늘에 기대어 또 살아지겠지

멍한 눈빛으로 그냥 바라봐
뭘 보고 있는지도 모르겠어

휘황찬란한 말보다는
네 한 번의 눈 맞춤이 더 사랑을 느끼게 해

네 작은 숨결 하나하나가
내 세상이야

봄이 오면 녹을 줄 알았던 눈이
저 먼 산 위 만년설처럼 떠나질 않아도

스며들지 않을 줄만 알았는데

지금 이렇게 스며들어
어우러진 우리가 꿈같아

바람의 그림자는 빛이 있어야 생겨서
따스함을 가지고 유심히 봐야 한대

너는 언제든 볼 수 있겠다
내 따스한 사람아

갈수록 나란 사람은

종일 누워있었다. 갈수록 더 무기력해지는 것 같아서 큰
일이다. 어깨에 짐은 더해만 가는데, 나는 할 수 있는 것
들이 점점 줄어만 가는 것 같았다. 후회하는 일들만 많
아지고, 방향을 모르겠다. 내 인생인데 내가 잘 모르겠
다. 이런 생각은 나만이 가지고 있는 건 아니라는 생각
이 든다. 모두가 알지 않을까? 갑자기 아무것도 아닌 것
같은 나란 존재, 현실을 마주하기 싫은 날, 너무나도 작
은 것 같은 나라는 존재라는 생각. 이게 다 무슨 소용이
있나, 싶다가도 일어나야지 하는 순간이 분명히 온다.
때론 빠르게 때론 느리게.

산책

봄바람이 예쁘게 분다며
산책하자는 말에

아무렇지 않은 듯
네 손을 잡으러 나갔어

걷다가 문득
내 속마음이 튀어나와 버렸지

내일 세상이 망해도
오늘 내가 널 제일 많이 사랑해

내가 건넨 말이었지만
그 말을 끝으로 더 이상 말이 나오질 않았어

꿈같았어,

더 말해보라는 네 재촉에도
벚꽃색으로 얼굴을 붉히며 눈도 못 마주쳤었지

넌 날 귀엽다는 말투로 나를 놀리다가
휙 돌려 널 보게 만들었지

그렇게 쳐다보지 말아 줘
체할 것 같았거든 너한테

두근대는 마음을 감추고
정처 없이 걷던 길

아직 조금 쌀쌀한 날인데도
길가에 피어있는 들꽃이 보였어

그 순간 향기가 되었지
다른 느낌의 행복이었어.

내게 영화 같은 순간이 내게 다시 올까 했었는데
네가 만들어 주었어

정말 고마워,
내일도 나와 함께 걸어줘

나의 은하

별을 따다 달라는 말에
은하를 찾았어

그때, 네 눈이 보였지

반짝이는 별을 보지 않아도
네 눈을 보면 은하수를 보는 것 같았어,

몇 번이고,

그믐달이 보름달이 될 때까지
생각이 변치 않는다면 그건 사랑이겠지

비슷한 농도를 가진 너와
이 밤, 춤을 춰

박자는 필요 없어

마음 가는 대로 달을 어루만져

네 발걸음 소리와 함께

커가는 내 마음을 어쩌면 좋지

시간의 빈자리, 꽃이 앉다

시간이 지나간 자리에
빈 의자가 남았다

사라진 발자국 위로
조용히 꽃이 앉았다

꽃은 말하지 않는다
다만 그리움의 무게를
가볍게 흔들며
기다림의 길목에서 빛을 품는다

우리가 채우지 못한 시간
끝내 건네지 못한 마음도
그 꽃 앞에 서면
다르게 빛난다

빈자리는 사라지지 않는다

그러나 그 위에 앉은 꽃은
조용히 속삭인다

모든 그리움은
또 다른 시작이라고

쏟아지던 날

세상의 온 힘듦이 나에게 쏟아지던 날,
아무리 노력해도 머릿속이 정리가 되질 않았다

아무 외투나 걸쳐 입고
아무 길이나 헤매려 산책길에 나섰다

하늘도 내게 한바탕 비를 쏟아부었다

온몸으로 비를 맞으며
행운을 준다는 네잎클로버를 무작정 찾기 시작했다

하지만 세잎인 클로버들만 천지로 있을 뿐
아무리 찾아도 네잎클로버는 보이지 않았다

그 순간,
너무나 허망한 마음으로 뒤를 돈 그 순간

내가 보지 못했던 뒷면에는
행복들이 가득히도 쏟아져 있었다
빗방울을 가득 머금은 행복들이

끝에서 다시 피어나는 작은 기대들

갇힌 호수

어두운 숲속
갇힌 호수에는 녹조가 짙다

물이 썩어 몰려든 벌레들만이 들끓는다

댐을 열어 물꼬를 트고
며칠이 지나니 언제 그랬냐는 듯
금세 깨끗해졌다

생각보다 단순했다

우울도 그렇다
바꿀 수 없다고만 생각했다

숲을 깊게 들이 마셨다

바람이 분다
녹음이 짙다

봄과 가을의 온도

봄과 가을의 온도였어, 비슷하지만 다른. 전혀 다른 방향으로 가고 있는 그런. 봄은 사랑이 피어나기 좋았고 가을은 사랑이 지기 좋았지. 그것도 모르고 우린 마냥 행복한 망상 속에서 행복을 누렸지. 곧 더 짧은 가을이었던 네가 떠났지. 난 여름도 없이, 가을도 없이, 겨울을 맞고 말았어. 뜨거움으로 가고 있었던 나는 결국 온도차를 못 이기고 금이 가고 말았지. 그래도 원망은 안 해. 어느 계절 사이, 여름이라는 온도가 찾아오면 나는 그 여름과 붙어 더욱 뜨겁게, 네가 건네어 준 차가움의 두 배보다 아니, 세배만큼 뜨거워져서 다시 금 같은 건 없던 사랑을 만들 거야.

다시 시작

정신이 다른 곳에
멍한 이 기분

과거가 그립다고
과거의 생각으로 덤비면 안 된다

새롭게 시작하려면
기분과 생각도 새로 해야 한다

하지 못했던 것들을 먼저 하기 전
먼저 정리가 필요하다

천천히 조급하지 않게
느리게 산책하듯이

챙겨가세요

힘든 사람들이
별을 하나씩 챙겨갔으면 좋겠다

버티는 세상에서,
별 하나 마음에 품고 산다고
큰일 날 일 없으니까

그 별빛으로
너의 힘듦이 덜어지면 좋겠다

밤하늘은 까매도,
달이 그 자리를 더 환하게 비출 테니

너의 밤

깨어있는 밤,

고요하게 어둠이 칠해진다
어둠 속으로 빠져든다

그 어둠 속에서 할 수 있는 건
한없이 빠지는 일뿐

그러면 내가 속삭여줄게
네가 더 이상 어둠에 잠식되지 않도록

괜찮아
정말 다 괜찮아

당신이 고요한 밤이라면
나는 깨어있는 새벽일 거야

걱정하지 마,
항상 곁에 있어

걱정하지 마,
내가 은은한 새벽으로 바꾸어줄게

파도는

작은 일렁임에서 시작되었지만
파도가 되어버렸다

괜찮아
파도는 다시 거꾸로 흘러
작은 물결이 될 거야

괜찮아
파도는 다시 저녁놀이 내리면
윤슬이 되어 널 밝힐 거야

안아줄 순 있지만

하늘에 떠 있는 별만큼

아니, 그보다 더 많은 별이 반짝이는
숨통이 트이는 곳

너와 나의 계절의 온도가 다르듯
너와 나의 숨이 다르듯

자신만의 세계에서 허우적댄다

누군가 내 계절을 훔쳐 가면
내 계절은 멸망해 버리고

누군가 내 숨을 훔쳐 가면
내 세계는 망가져 버린다

오르막길이 내리막길이 되듯이
자신만의 길이 있다는 것

안아줄 순 있지만
반드시 자신만이 헤쳐가야 할 길

그 길을 응원한다

오르막길이 내리막길이 되듯이

영원이 깨진다 해도

때로는
가족이었고 친구였고 연인이었고 남이었어

언젠가 만약
우리만의 영원이 깨진대도

우리의 추억을 유리병 속에
꾹꾹 담아둘게

내 마음속 바다에서
아주 고운 소리를 내며
둥둥 떠다닐 거야

그 소리에 가끔 귀 기울이며
세상을 살아갈게

안녕의 온도

만남과 이별은,

둘 다 행복해지려고 하는 건데
왜 둘 다 아프고 쓰라린지

사랑에 후회를 남기지 않는 방법은
모든 걸 주는 것이라고 해서
내 모든 걸 다 쏟아부었는데

미련의 잔상만 잔뜩 남아
머릿속을 어지럽히고 있네

차갑게 식어버린 보랏빛 밤하늘을 멍하니 보며
몇 날 며칠을 생각해 봤어

유성우도 같은 자리에서 떨어지는 게 아닌데
우리라고 같은 자리에 있어야 했던 게 아니었어

멀어져도 이상할 게 없더라고

이젠 안녕을 말할 수 있을 것 같아

책갈피

흔들리는 꽃을 꺾어 그대에게 전해요

흔들리던 꽃인지도 모른 채
아이처럼 기뻐하네요

그 꽃은 그대를 닮아있어요

바람에 흔들려도 꺾여도 쓰러지지 않던
마른 모래 속에 피어난 꽃이에요

어수선한 가을바람 사이에서 책 하나를 골라요
아무 페이지에나 그 꽃을 넣어두세요

봄 여름 가을 다음, 쓸쓸함

혼자 견뎌야 할 쓸쓸함에서 꺼내어 보세요
의미는 두지 말아요

이게 제 마지막 녹슨 안녕이에요

끝에서 다시 피어나는 작은 카네들

꽃잎 하나

못다 빈 소원을 빌러
꽃잎 하나 잡으러 나왔다

꽃보다 네가 먼저 보였다
살며시 다가가 네 손을 잡았다

네 손은 한 떨기 잎처럼
부드럽고 따스했다

난 너의 손을 잡을 테니
넌 떨어지는 꽃잎을 잡으면

꼭,

손을 잡은 이와
오래오래 행복하게 살았습니다로
그 소원이 끝맺기를

노력

가끔 노력도 배신한다

내가 했던 노력은 100인데 0을 준다
그렇게나 잔인하게

그래도 우리는 다시 노력한다
다시 100이 될 때까지

0을 주던 노력이
10을 주고 30을 주고 50을 주고
또 100도 줄 수 있는 것을 아니까

내가 100만큼 가지지 않아도 세상은 잘 돌아간다
노력하는 게 힘들면 안 된다

정말로 중요하다고 생각하는 것만 적당히 하면 된다

포기해도 된다
아무 탈 없다

미완성된 너지만,
그래도 소중한 사람이 곁에 있다

그거면 된 거다

포기해도 된다

푸른

얼음이 눈물을 흘리는 온도의 계절
우리의 시간을 채우기엔 넘치는 온도

푸른색이 잘 어울리는 너와
푸른빛이 가득한 바다로 떠난다

지글지글
아스팔트의 온도를 지나

둥실둥실
파도의 온도를 찾아

푸른 바다의 끝자락 모퉁이에
발을 담가본다

이내 마음이 푸르러진다

소소한 간극

떨어진 너의 눈물자리엔
새로운 생명이 자라 있더라

조금 기다려보면
조금 많이 기다려보면

그 시간 사이사이 멍울들이 생명이 되어
언젠가 뒤돌아 왔을 땐

들꽃이 잔뜩 피어있는
수수한 꽃밭 되겠지

그러니 머물지 않고
눈물 흘리며 앞으로 걸어 나가련다

작은 울음

조금씩 울며 살아가도 괜찮다

우리의 울음은 꽃이 피려고 잎사귀가 시드는 것처럼
자연스러운 일이다

억누르고 참기에는 힘에 부치고
곳곳에 송곳과 같은 아픔들이 곳곳에 도사리고
찌르고 사는 삶이기에

작은 울음들이 모여 둑이 터져버리기 전에
미리 조금씩 울어두자

그래야 꽃처럼 환한 웃음으로 웃을 수 있는 날이 온다

안 그래도 각박한 세상
다 짊어지고 가기에는 너무 무거운 울음들이기에

100개의 걱정

걱정 100개 중 90개는 쓸데없는 일이고, 5개는 잘 이뤄질 수밖에 없는 일이고, 그중 5개는 어쩔 수 없는 일이라고 한다. 미래에 대한 불안과 막막함, 보이지 않는 앞으로의 삶과 꿈이 90%를 차지한다. 절대 다 버리지 못할 걸 알지만 쓸데없는 걱정 50%는 버리기로 하자. 걱정이 없으면 공허해지고 공허해지면 또다시 불안해질 테니까. 나머지 50%는 나를 위해 마음의 건강을 위해서라도 남겨두는 편이 좋다. 세상에 고민이 너무 많아서 힘든 사람은 있어도 너무 없어서 힘든 사람은 없다. 걱정이 너무 많아서 고민이라면, 그건 자신의 수면 위로 올라오는 생각들의 파편을 줄여야 한다는 신호다. 어쩔 수 없는 일은 어쩔 수 없고, 잘 이뤄지는 걱정은 이뤄지면 좋다. 잘되면 '내 덕' 안 되면 '원래 안될 일'이다. 걱정하지 마라 당신은 분명 잘될 거니까.

시간이 약이라면 왜 나아지지 않나요

초판1쇄 인쇄 2026년 01월 23일
초판1쇄 발행 2026년 01월 23일

지은이 | 이겸

디자인 | 포레스트 미우
펴낸이 | 포레스트 미우
펴낸곳 | 포레스트 웨일
출판등록 | 제2021 - 000014 호
주소 | 충청남도 아산시 탕정면 용머리길 40 유니콘101 216호
전자우편 | forestmew@naver.com

종이책   979-11-94741-85-5

*포레스트 미우는 포레스트 웨일 출판사의 임프린트입니다

작가님들과 함께 성장하는 출판사
포레스트 미우입니다.
작가님들의 소중한 원고를 받고 있습니다.
forestwhalepublish@naver.com